Texte de Ginette Anfousse
Illustrations de Marisol Sarrazin

Polo
et le Roulouboulou

la courte échelle

Les éditions de la courte échelle inc.

Les éditions de la courte échelle inc.
5243, boul. Saint-Laurent
Montréal (Québec) H2T 1S4

Conception graphique :
Elastik

Révision des textes :
Lise Duquette

Dépôt légal, 3ᵉ trimestre 2002
Bibliothèque nationale du Québec

La courte échelle reconnaît l'aide financière du gouvernement du Canada par l'entremise du Programme d'aide au développement de l'industrie de l'édition pour ses activités d'édition. La courte échelle est aussi inscrite au programme de subvention globale du Conseil des Arts du Canada et reçoit l'appui du gouvernement du Québec par l'intermédiaire de la SODEC.

La courte échelle bénéficie également du Programme de crédit d'impôt pour l'édition de livres — Gestion SODEC — du gouvernement du Québec.

Données de catalogage avant publication (Canada)

Anfousse, Ginette

    Polo et le Roulouboulou

    ISBN 2-89021-598-9 (br.)
    ISBN 2-89021-599-7 (rel.)

    I. Sarrazin, Marisol. II. Titre.

PS8551.N42P65 2002   jC843'.54   C2002-940942-X
PS9551. N42P65 2002
PZ23.A53Poa 2002

Imprimé à Hong Kong.

Avant, Polo habitait dans la minuscule
roulotte des Zouf. Maintenant, il habite
dans l'immense maison des Plouc.
Les Plouc ne sont pas des cucurbitacées.
Ni des chenilles à poil. Ni des chimpanzés.
Les Plouc sont comme les Zouf,
des poseurs de trappes à souris et des
empêcheurs de tourner en rond.

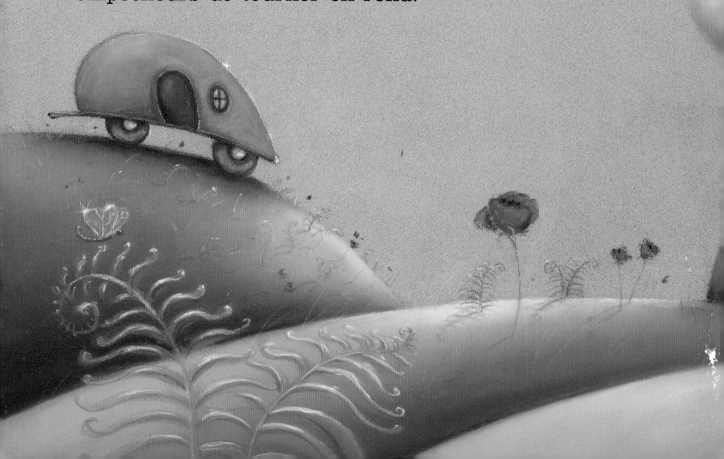

Depuis que la famille de Polo est arrivée dans cette nouvelle maison, il a hérité d'une chambre à lui. À lui tout seul. Il aurait mille fois préféré dormir entre sa sœur Églantine et son frère Charlot, comme autrefois. Surtout les soirs comme ce soir. Les soirs où son ombre de petite souris ressemble à l'ombre d'un Roulouboulou.

Parce que les Roulouboulou ne sont pas des marchands de sable. Ni des bonhommes Sept Heures. Ni des vampires. Les Roulouboulou sont mille fois pires.

Enfin, il est minuit pile et Polo est encore
éveillé. C'est souvent comme ça depuis qu'il
est déménagé. Polo se réveille, se rendort,
se réveille encore. Puis, il entend un bruit.
Toujours le même.

Un bruit comme si une chose plus têtue qu'une tête de pioche cherchait une ouverture. Une ouverture pour s'infiltrer dans la maison. Puis dans le corridor. Puis dans sa chambre à lui.

Polo sait que la chose a trouvé quand le bruit s'arrête. S'arrête net. Il espère chaque fois que son papa a bien fermé les fenêtres à double tour. La fenêtre au-dessus de son lit surtout. Finalement, il sait que la chose est entrée dans sa chambre quand il entend de nouveau le bruit dans le placard.

Avant que la chose l'attrape par la patte et l'emporte loin, très loin de la maison, Polo se jette en bas du lit et court, court, court jusqu'à la chambre de sa grande sœur Églantine. Mais ce soir, Églantine n'y est pas...

Pire, son lit est défait. La chambre est vide et maintenant... c'est le bruit qui lui court après.

Polo hésite entre plonger sous les draps ou s'enfermer dans un tiroir. Il décide de courir, courir, courir jusqu'à l'autre bout du couloir où dort son grand frère Charlot. Mais ce soir, Charlot n'y est pas...
Pire, son lit est défait. La chambre est vide et la fenêtre qui donne sur le jardin est grande ouverte.

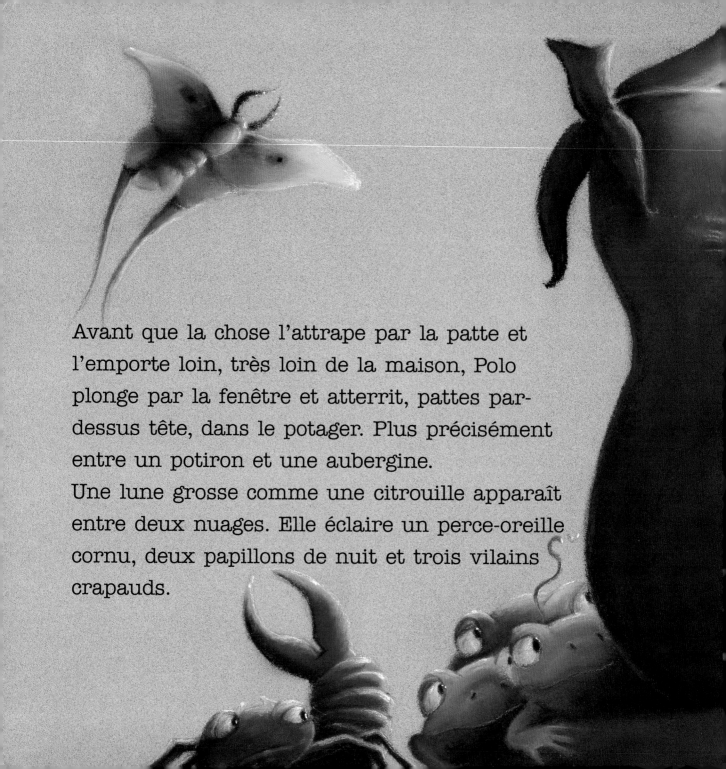

Avant que la chose l'attrape par la patte et l'emporte loin, très loin de la maison, Polo plonge par la fenêtre et atterrit, pattes par-dessus tête, dans le potager. Plus précisément entre un potiron et une aubergine.

Une lune grosse comme une citrouille apparaît entre deux nuages. Elle éclaire un perce-oreille cornu, deux papillons de nuit et trois vilains crapauds.

Épouvanté, Polo n'entend plus rien du tout. Que les battements déboussolés de son coeur. Il décide d'appeler sa maman et son papa. De les appeler de toutes ses forces. Mais il n'arrive plus ni à bouger ni à crier. Il est devenu aussi figé qu'une boule de crème glacée.

Pire, il entend de nouveau le BRUIT au-dessus de sa tête. Il pense à sa cousine Catherine emportée un soir de pleine lune par un corbeau géant.
Puis à son cousin Hugo disparu en même temps.
Puis… Polo ne pense plus à rien. Le BRUIT vient de s'arrêter. De s'arrêter net.

Certain d'être avalé tout rond, Polo ferme les yeux. Deux larmes grosses comme des coccinelles, coulent sur son museau. Et pendant que la chose l'attrape par la queue et le secoue, il entend une voix lui dire en ricanant :

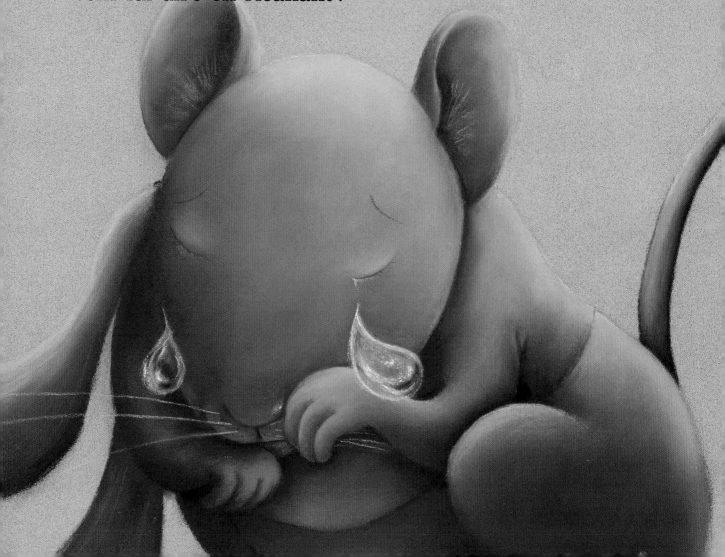

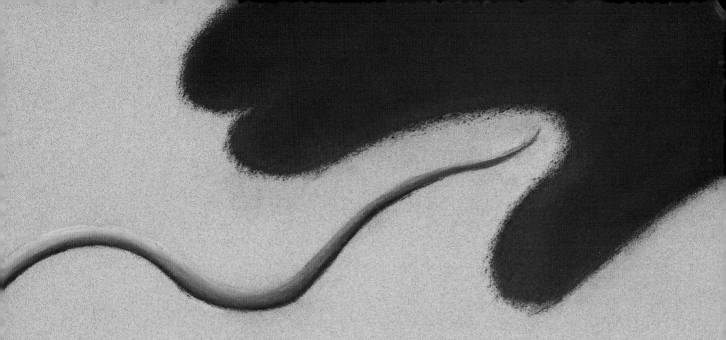

— Ha, ha, ha! Gros bêta! Si j'étais un Roulouboulou ordinaire, il y a belle lurette qu'un petit Polo comme toi gigoterait dans mon estomac. Mais... quand la lune est aussi ronde qu'un ballon, je préfère avaler les petites filles et les petits garçons.

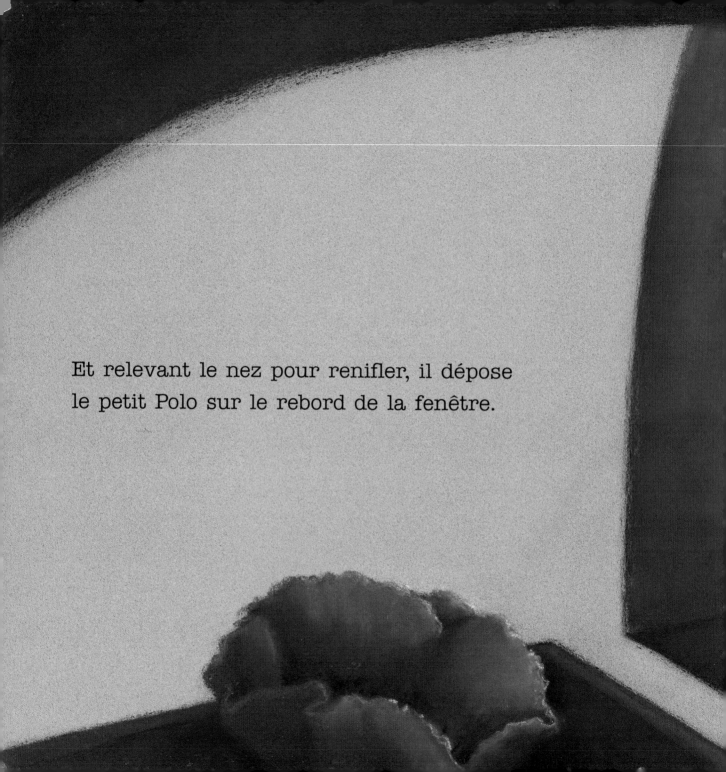

Et relevant le nez pour renifler, il dépose
le petit Polo sur le rebord de la fenêtre.

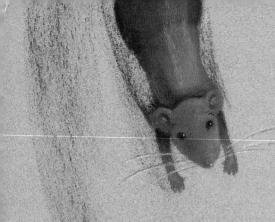

Avant que le Roulouboulou change d'idée,
qu'il le rattrape par la patte et l'emporte
loin, très loin de la maison... Polo ouvre les
yeux et plonge tête première par la fenêtre.
Il file dans le corridor, grimpe l'escalier qui
mène au grenier et court, court, court
jusqu'à la chambre où dorment, vous l'avez
deviné, son papa et sa maman.

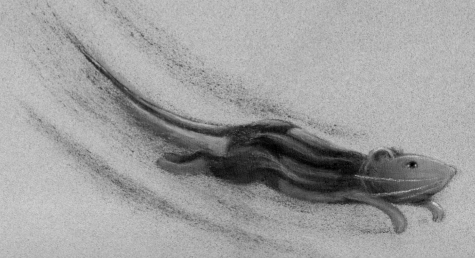

Mais, ce soir, il n'y a pas que papa et maman Pépin qui dorment dans le grand lit douillet. Il y a, bien collés sur eux, Charlot Pépin, son frère, et Églantine Pépin, sa sœur. Il n'est pas nécessaire de vous dire ce que le petit, tout petit Polo a fait.

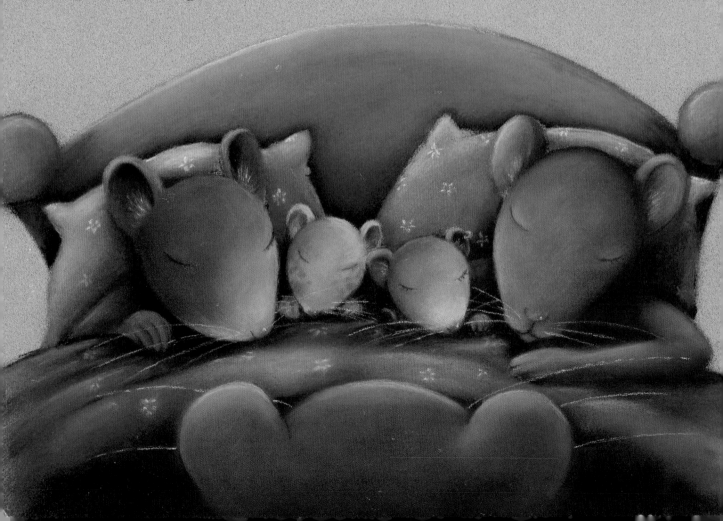